WORTARCHITEKTEN
– ein SLAMbuch

INVICTICON

Klimaneutral
Druckprodukt
ClimatePartner.com/14701-2009-1001

Originalausgabe, erschienen 2021
1. Auflage

ISBN: 978-3-96937-054-4

Coverdesign: © Marta Jakubowska, LEGIONARION Verlag
Umschlagmotiv: © shutterstock 384751612 / 471578078

Druck: Eisermann Media GmbH

Bibliografische Information der Deutschen Nationalbibliothek:
Die Deutsche Nationalbibliothek verzeichnet diese Publikation in der
Deutschen Nationalbibliografie;
detaillierte bibliografische Daten sind im Internet über
http://dnb.d-nb.de abrufbar.

Die Handlung, die handelnden Personen, Orte und Begebenheiten dieses Buchs sind frei erfunden.
Jede Ähnlichkeit mit toten oder lebenden Personen oder Persönlichkeiten des öffentlichen Lebens, ebenso wie ihre Handlungen sind rein fiktiv, nicht beabsichtigt und wären rein zufällig.

Der LEGIONARION Verlag ist ein Imprint des MAIN Verlags, Frankfurt

Tine Wittler
&
Wolfram Alster
(Hrsg.)

WORTARCHITEKTEN – ein SLAMbuch

Das Buch

Zum 35. Geburtstag der Kunst- & Veranstaltungsform »Poetry Slam« präsentieren die Herausgeber Tine Wittler (Mitbegründerin & Gastgeberin des »WORTARCHITEKTEN« Poetry Slams Hamburg) und Verleger Wolfram Alster einen Slam in Buchform! Getreu des Regelwerks der »Wortarchitekten« werden Silben, Worte und Satzfragmente mal fachmännisch, mal schwachsinnig durcheinandergeschüttelt, neu miteinander verwoben und zu hintersinnigen, humorigen oder dadaistischen kleinen Kunstwerken.

Die »FIXEN 5« – dieser Herausforderung stellen sich u. a. »Schriftstehler« Armin Sengbusch, Silbenspezialist Arne Poeck, die Herausgeber daselbst – plus viele wunderbare Gastautoren.

Inhalt

VorWORT I | Tine Wittler

Was raus muss, muss raus. Und deshalb gebe ich hier und heute zu: Ja, ich bin eine Fetischistin. Eine Wortfetischistin, um genau zu sein. Ich liebe Wörter. Ach, was rede ich! Ich liebe sie nicht nur, ich brauche sie wie die Luft zum Atmen. Wenn ich keine kriege oder benutzen darf, werde ich hibbelig; wenn sie falsch geschrieben werden, bereitet mir das körperliche Schmerzen; und wenn ich einem lange nicht gehörten Wort wie zum Beispiel »blümerant« begegne, dann freue ich mich wie Bolle. Wörter sind so toll! Und Buchstaben auch, die sind auch toll. Tolltolltolltoll! Weil Wörter bestehen ja aus Buchstaben, das weiß jedes Kind. Ist es nicht total irre, was wir mit 26 Buchstaben plus ein paar Pünktchen so alles anstellen können?!

So ein Wort wie »Bandsalat« zum Beispiel, das haut einen doch aus den Latschen, wenn man mal genau überlegt[1]. Oder »Techtelmechtel«. Vielleicht auch »Mettigel« – wow! Oder »Kokolores«. »Firlefanz« und »wohlfeil« sind auch so tolle Wörter, die machen mich regelrecht wuschig – da kommt kein Möchtegern-Chippendale mit (einen echten habe ich leider noch nie getroffen. Sind die überhaupt noch aktiv?).

Wenn ich so ein tolles Wort lese oder gar höre, dann wird mir ganz anders. Ja, manchmal auch blümerant; aber meistens ist es einfach nur die Wiedersehens- bzw. Wiederhörensfreude – oder aber die Faszination des Entdeckens –, die völlig unkontrolliert

---

[1] Salat in anderer Form wird an späterer Stelle in diesem Text erneut eine Rolle spielen. Das ist mir aber erst hinterher aufgefallen. Es handelt sich somit nicht um einen Wiederholungsfehler, behaupte ich jetzt mal. Ich hatte aber auch wenig Zeit (erkläre ich noch).

von mir Besitz ergreift. Am liebsten wiederhole ich das (neu oder wieder) entdeckte Wort vor mich hin, dann stehe ich zum Beispiel im Supermarkt vor dem Nudelregal und intoniere das Wort »Herrengedeck« auf unterschiedliche Art und Weise, während ich überlege, ob es heute Penne oder Spaghetti sein sollen. Oder Buchstabennudeln. Am liebsten Buchstabennudeln.

Man muss sich das so vorstellen, als wäre das Wort so wie eine Lieblingsklamotte, die man ja auch ständig trägt, wenn man erst mal erkannt hat, dass es die Lieblingsklamotte ist. Da wird das Tragen manchmal nur noch durch die Wäsche unterbrochen, wenn überhaupt, und das dann nur unter Protest bzw. aus rein soziologischen Gründen, weil halt erwartet wird, dass man wäscht, wenn es riecht.

Der Vorteil von Wörtern im Vergleich zur Lieblingsklamotte ist, dass sie in der Regel nicht stinken, obwohl ich jetzt kurz darüber nachdenken muss, ob das Wort »stinken« nicht vielleicht doch stinkt, einfach weil es das Wort »stinken« ist, aber das würde jetzt zu weit führen. Man muss es ja nicht übertreiben, und aus ebenfalls soziologischen Gründen ist es für andere bereits ausreichend verwirrend, wenn ich das aktuelle Lieblingswort ungeachtet etwaiger irritierter Gesprächspartner ständig vor mich hin murmle, sobald es erst mal als aktuelles Lieblingswort identifiziert ist.

Besagte »andere« gucken mich dann immer an, als hätten sie es mit einer Irren zu tun, was ich durchaus verstehen kann, wenn es sich zum Beispiel um Wörter handelt wie »Axtmörder« oder »Kofferbombe«; aber meistens sind meine Lieblingswörter doch recht harmlos. Mir ist jedenfalls kein Fall bekannt, in dem ein WIRKLICH Irrer kurz vor dem Amoklauf Wörter wie »Lümmel!« oder »Teletext!« vor sich hin intonierte, aber was weiß ich schon.

Vielleicht werden diese Fälle auch geheim gehalten, weil man – zu Recht! – befürchtet, dass es zu einem umfassenden linguistischen Chaos käme, wenn sie bekannt würden. Ich halte das für gar nicht so abwegig, denn dann könnte man sich ja gar nicht mehr unterhalten. Und würde mit einem so harmlosen Wort wie »Muckefuck« oder »Müßiggang« vielleicht eine völlig unbeabsichtigte

Massenpanik auslösen. In der Kommunikationswissenschaft gibt es zwar den »Radikalen Konstruktivismus«, aber ich glaube, das hat nichts damit zu tun, und Paul Watzlawick war ja auch als eher friedlicher Gesell bekannt.

Paul Watzlawick war es übrigens auch, der behauptet hat, man könne nicht nicht kommunizieren. Mir persönlich fällt das Nicht-Kommunizieren mittlerweile gar nicht mehr so schwer; ich bin ganz gern mal allein und ziehe mich mit meinem aktuellen Lieblingswort – oder gar mehreren – zurück. Am allerliebsten habe ich Wörter nämlich, wenn sie in Gruppen daherkommen, also als zusammenhängender Text – wobei ich mit »zusammenhängend« hier nur meine, dass sie irgendwie auf einer Seite oder unter einer Überschrift zusammengepfercht sind. Inhaltlich müssen sie gar nicht so zusammenhängen, denn auch amtlicher Schwachsinn kann hier und da erfrischend, ja geradenach entzückend sein. Man muss sich nur drauf einlassen.

Bei einem Poetry Slam kann man das übrigens ganz wunderbar. Ich will damit jetzt keinesfalls behaupten, dass man auf Poetry Slams nur Schwachsinn zu hören bekommt; das ist natürlich nicht so. Aber die Chance auf eine nicht nur verträgliche, sondern manchmal auch überaus intelligente Dosis Schwachsinn ist groß, wenn man einem ebensolchen beiwohnt!

Denn weil Wörter eben so toll sind, kann es durchaus erquicklich sein, sie auf ungewohnte Art und Weise zusammenzuschütten und durchzurütteln – einfach nur um zu gucken, was passiert. Das, was dabei rauskommt, ist vielleicht nicht immer logisch, und vielleicht ergibt es auch nicht immer einen tieferen Sinn – aber genau das ist das Wunderbare daran!

Insofern ist der Begriff des »Schwachsinns«, wie ich ihn hier verwende, nicht als etwas Negatives oder gar Abwertendes zu verstehen, sondern im Gegenteil als etwas Großes. Wann gestehen wir uns im Alltag schon mal intelligenten Schwachsinn zu und daran einfach Vergnügen zu haben – völlig zweckfrei, aus Spaß an der Freude?! – Die Schwierigkeit besteht allerdings darin, ihn ausfindig zu machen, den intelligenten Schwachsinn, denn den gibt es leider noch seltener, als man es eh schon bedauert. Und deshalb kann ich den Besuch eines gepflegten Poetry Slams nur empfehlen! Einen gewissen Mindeststandard in Sachen Qualität und Eloquenz darf man dort voraussetzen (Ausnahmen bestätigen die Regel!), was für intelligenten Schwachsinn per definitionem nun mal unabdingbar ist.

Dieser Mindeststandard wird zwar hier und da unterschritten, zum Beispiel wenn man im Internet nach der Definition des Begriffs »Poetry Slam« googelt. Bei den Österreichern kann man da zum Beispiel lesen: »Poetry Slam: Dichterwettstreit, obwohl weder gedichtet noch gestritten wird.«[2] Das ist natürlich nicht ganz richtig, denn selbstverständlich kann auf einem Poetry Slam gedichtet werden; die in diesem Büchlein präsentierten sich vielleicht oder auch nicht reimenden Slambeiträge dürfen hier durchaus als Beispiele gelten.

Vielleicht wird aber auch gesungen. Oder gerappt. Oder geflüstert. Oder geschrien. Oder gestottert. Oder geschwiegen. Und manchmal streitet man sich da auch; das können mein Mitgastgeber Armin Sengbusch a.k.a. »Schriftstehler« und ich nach fast vier Jahren WORTARCHITEKTEN-Slam in Hamburg (2015-2018) aus eigener Erfahrung bestätigen. Das Publikum hat zwar (hoffentlich) nichts davon mitbekommen, aber das heißt ja nicht, dass der Streit nicht existent war.

Wir haben uns meistens darüber gestritten, ob die FIXEN FÜNF[3] auch in unseren eigenen Texten vorkommen mussten. Die Antwort war zwar immer »JA«, aber man kann's ja mal probieren.

---

2 www.laendleslam.at/regeln

3 Die „FIXEN FÜNF" waren 5 Wörter/Begriffe, die durch das jeweilige Slampublikum für den nächsten Slam festgelegt wurden. Aufgabe für alle teilnehmenden Slammer (auch für die Gastgeber) war es, diese Wörter/Begriffe in ihre Texte einzubauen. Das Schwachsinns- und damit auch das Amüsierlevel bei dieser Veranstaltung waren entsprechend hoch.

Relativ unumstritten ist übrigens die Datierung zum Ursprung des Poetry Slams: Man ist sich recht einig darüber, dass der erste Poetry Slam am 20. Juli 1986 im »The Green Mill«, einem der ältesten Jazz-Clubs in Chicago, stattfand.[4] Der Poetry Slam feiert somit genau heute, am 20. Juli 2021 – überraschenderweise also zu genau jenem Zeitpunkt, an dem ich diesen Text verfasse! – seinen 35. Geburtstag. Was zugegeben kein Zufall ist; ich habe selbstverständlich extra bis heute gewartet, um das hier zu schreiben. Was zum Einen gar nicht so leicht war, weil die Wörter bereits länger rauswollten aus mir; die hatten sich fast schon verkapselt. Und was zum Anderen beim Verleger zu Schnappatmung führte, denn das vollständige Manuskript zu einem noch zu produzierenden Büchlein erst 6 Wochen vor dem ersten fest terminierten Lesungstermin in Händen zu halten, ist auch für einen erfahrenen Buchmenschen wie unseren geschätzten Herrn Alster etwas Besonderes. Nun. Wir werden ja sehen, wie die Geschichte ausgeht.

Zurück zum Poetry Slam! Dieser ist als Veranstaltungsform folglich mindestens 13 Jahre jünger als ich, aber weltweit ungleich erfolgreicher. Wobei ich keine Veranstaltungsform bin und der Vergleich darob vielleicht ein wenig hinkt, wie bei den Äpfeln und Birnen. Wenn der Poetry Slam der Apfel ist, dann bin ich wohl am ehesten Obstsalat, aber das heißt ja nicht, dass in meinem Obstsalat nicht auch Apfel drin ist.

In diesem Büchlein wiederum ist ganz ganz viel Apfel drin, denn es ist eine Liebeserklärung an alle Poetry Slams und Slammer dieser Welt. An den WORTARCHITEKTEN-Slam, den Armin Sengbusch und ich 2015 in meiner ehemaligen »parallelwelt KULTURBAR« (2007-2018) mehr so aus Versehen lostraten und daraufhin bis ins Jahr 2018 hinein in so einer Art Endlosschleife gefangen waren. Gefühlt war damals eigentlich immer Slam, während jetzt, im Juli 2021, aus weithin bekannten unerfreulichen Gründen schon zumindest gefühlt seit dreißig Jahren gar keine Slams mehr waren.

---

[4] Quelle u.a.: wikipedia

Und weil es sicherlich noch ein bisschen dauern wird, bis wir alle nach der Pandemie wieder in heißen, überfüllten Clubs nach ein bisschen intelligentem Schwachsinn suchen können, gibt es jetzt dieses Büchlein: Es ist quasi ein (WORTARCHITEKTEN-) Poetry Slam in Druckform – für alle Satzbauer, Textmonteure und WortfetischistInnen wie mich. Zeit für ein wenig intelligenten Schwachsinn! Vom geschätzten norddeutschen Großmeister des Slams, Armin Sengbusch a.k.a. »Schriftstehler«. Von mir, dem Obstsalat mit der Buchstabennudelgarnitur. Von Arne Poeck, dem grandiosesten Silbenverdreher der Republik und gleichsam treuesten Slammer der »WORTARCHITEKTEN«: Wenn Arne, die Rechenmaschine unter den Buchstabennerds, einmal fehlte (und wenn ich mich recht erinnere, fehlte er während der ganzen Ära der WORTARCHITEKTEN tatsächlich nur einmal!), dann war es im Grunde ein verlorener Slam.

Hinzu kommen die Beiträge unserer »Gast-Slammer« aus der MAIN-Verlagsgruppe, die sich ebenfalls bereitwillig den »FIXEN FÜNF« unterjochen und das Beste draus machen, was ihnen das Publikum zugeworfen hat.[5]

DANKE an alle, die ihr Scherflein zum Entstehen dieses Büchleins beigetragen haben. »Scherflein« ist übrigens auch ein ziemlich tolles Wort! **VIEL SPASS!**

»Jabel der Welt« (Wendland) am 20. Juli 2021

Tine Wittler
www.tinewittler.de

---

5 Die „FIXEN FÜNF" für die Gastslammer in diesem Büchlein wurden coronabedingt nicht durch das Publikum einer Live-Veranstaltung festgelegt, sondern durch Nutzer der Audio-App „Clubhouse". Hier fand am 21. Juli 2021 zum 35-jährigen Slam-Jubiläum ein Raum statt, der die Gäste in der Audience dazu aufrief, ihre Lieblingswörter für die „FIXEN FÜNF" beizusteuern.

VORwort II | Armin Sengbusch

Vor kurzem rief mich Tine Wittler an und bat mich um ein paar Zeilen. Ein Vorwort, ein Vorwort, ein Königreich für ein Vorwort – und das vor dem Nachwort! Ein solches soll ich also schreiben, bevor das Buch überhaupt fertig ist.

Kennengelernt habe ich die Wittlerin vor einigen Jahren in ihrer Hamburger »parallelwelt KULTURBAR«, weil meine Agentur mich gezwungen hatte, dort Musik zu machen. Von Tine sollte ich dafür Geld bekommen, falls Menschen Eintritt bezahlen würden. Ich lebte – und lebe – allerdings in einer sehr anderen Welt als die meisten: Ich habe keinen Fernseher und kein Radio, und ich weiß bis heute nicht, was Bubble-Tea ist.[6] Deshalb war ich recht unbeeindruckt, als die Wittlerin sich als Tine Wittler vorstellte, meinem Pianisten und mir die Bühne zeigte, fragte, ob wir etwas essen wollten und etwas zu trinken anbot. Solche Angebote bekomme ich häufiger, wenn ich irgendwo auftrete. Sonst nicht.

Nach dem Soundcheck plauderten Tine und ich noch ein wenig an ihrem Tresen; Gäste gab es noch keine, auf die ich ausweichen konnte. Ich fragte sicherheitshalber noch einmal nach, ob sie auch als Barfrau arbeiten oder doch nur die Künstlerbetreuung machen würde. »Beides«, antwortete die Wittlerin, »mir gehört der Laden hier.« Ich war ein wenig begeistert, aber nicht zu sehr; schließlich gibt es viele Menschen, die eine Bar mit Kulturbetrieb ihr Eigen nennen.

»Äh, du kennst mich wirklich nicht?«, fragte die Wittlerin mich daraufhin angemessen beeindruckt, und ich zuckte gleichgültig

---

[6] Anm. der Herausgeberin: Ich auch nicht!

mit den Schultern. Es war mir trotzdem etwas unangenehm, weil mir manchmal Namen oder Menschen durch die Lappen gehen. »Hatten wir mal was miteinander?«, fragte ich deshalb zurück, immer gewillt, im Zweifelsfall die Schuld auf mich zu nehmen.

Ich erntete das typische, tosende Tine-Gelächter, das ich bis heute so sehr mag. Ich erfuhr, dass sie mal im Fernsehen war, weswegen sie fast alle Menschen kennen. Nur ich kannte sie eben nicht. »Das tut mir Leid«, sagte ich daraufhin und schlug zwei Fliegen mit einer Klappe: Zum einen ist es schlimm, beim Fernsehen gewesen zu sein; zum anderen tat es mir Leid, sie nicht zu kennen, weil ich sie schon damals ziemlich großartig fand.

Nach meinem Auftritt verabredeten Tine und ich, was zusammen zu machen. Eine Heirat kam aufgrund der aktuellen familiären Bedingungen damals nicht infrage, also entschieden wir uns für einen Poetry Slam: die »WORTARCHITEKTEN«. Gemeinsam bastelten wir eine Veranstaltung, die von nun an regelmäßig in der »parallelwelt KULTURBAR« stattfinden sollte. Und ich wusste, mit Tine würde alles gut werden.

Ich hatte damals schon viel mit und durch Poetry Slams erlebt, in der ganzen Republik an vielen Veranstaltungen teilnehmen dürfen und war auch als Moderator bereits aktiv gewesen. Die Besonderheit, die wir in das Regelwerk »unseres« neuen Slams einbauten, sorgte allerdings für eine ganz neue Chancengleichheit: Aufgrund der »FIXEN FÜNF« mussten nun mal unabdingbar neue Texte geschrieben werden, um die fünf unverhandelbaren Wörter in diese einzubauen. Neue Texte! Egal, wer bei uns auftrat, er oder sie *musste* einen *neuen* Text dabeihaben.

Und noch mal: Neue Texte! Nachdem ich deutschlandweit auf den Slam-Bühnen unterwegs gewesen war, hatte ich ausreichend Texte mehrfach gehört, vor allen Dingen meine eigenen. Jetzt war da die Motivation, selbst jedes Mal einen neuen Text zu schreiben und vorzutragen (als Mitgastgeber außer Konkurrenz, natürlich).

Nun. Wenn die Wittlerin nicht Hamburg den Rücken gekehrt hätte – und sie hat einen schönen Rücken! –, dann liefe diese

Veranstaltung immer noch.[7] Nebenbei entstand eine Freundschaft, die ich gern hervorhebe, weil Tine einfach eine verdammt großartige Frau ist. Heute aber endet unsere Freundschaft, weil ich ein Vorwort schreiben muss. Für ein Buch, das ich noch gar nicht kenne. Aber gut. Für Tine mache ich eine ganze Menge. Manchmal lache ich sogar, wenn sie etwas sagt.

Hamburg, 19. Juli 2021

Armin Sengbusch
www.schriftstehler.de

---

[7] Tine Wittler verließ die Stadt Hamburg Ende des Jahres 2017, um sich im 60-Einwohner-Dorf Jabel im Wendland („der Jabel der Welt") in einem 200 Jahre alten Fachwerkhaus, das zum Glück bis heute steht, mal wieder neu zu erfinden.

WORTARCHITEKTEN SLAM
»parallelwelt KULTURBAR« HAMBURG

vom 25. Januar 2018

Tine Wittler

Der **SINUSKURVE** ihr Dilemma:

Man mag sie nicht mal in Ravenna.

Von Wien nach Sidney und zurück –

Die Sinuskurve hat kein Glück.

Verflucht von Schülern überall

Ist sie ein extra harter Fall!

Im **SCHMOLLWINKEL**, zurückgezogen,

Hat sie den Hass längst aufgesogen

Und ist gefangen, eingeengt,

Ein **SPIERENSTEK** wie'n Kettenhemd.

»Den Knoten lösen!«, bölkt der Lehrer,

»Sonst mach ich's Euch demnächst noch schwerer!«

Es ächzt und stöhnt die Schülerschaft

Weil eine Wissenslücke klafft

So bannig laut jammern die Blagen

Sogar die Zahnfee hört das Klagen

Ihr Einsatz ist ne Weile her,
die neuen Zähne ham's längst schwer
Doch schlimmer noch in diesen Tagen
Ist's, das Geflenne zu ertragen.
Die Zahnfee, eine gute Seele,
erbarmt sich also, ölt die Kehle
und bittet, der Verbess'rung wegen,
um schnelle Hilfe bei Kollegen.
Zum Glück geht da gleich jemand ran:
Bei **ELFE** und **KLABAUTERMANN**
Ersucht die Fee per Eilbestellung
Die möglichst baldige Erhellung.
Wer immer also dieses liest
Und des Sinus mächtig ist
Der weiß von heute an genau:
DAS Wissen kommt von einer Frau!

Kurzbiografie

Tine Wittler, geboren 1973, von Freunden »die Wittlerin« genannt, macht konstant »ihr Ding«. Sie bleibt sich treu und erfindet sich dabei doch immer wieder neu: Wie ein Chamäleon wechselt sie ständig und mit voller Absicht künstlerische Genres und Ausdrucksformen, um ihrer überbordenden Kreativität freien Lauf zu lassen.

»Die Wittlerin« ist Autorin, (Bühnen-)Künstlerin und Chansonnette, Schauspielerin, Gastgeberin und Kulturveranstalterin. Sie war außerdem schon als TV-Moderatorin & -redakteurin, Journalistin, Songschreiberin und Filmproduzentin tätig. Zu ihrem bisherigen Schaffen gehören u. a. ein halbes Dutzend Romane und ein Lyrikband, ein Reisetagebuch, ein Chanson- und Musikkabarettprogramm samt Studioalbum, ein Dokumentarfilm (Prädikat: »Wertvoll«) sowie als bildende Künstlerin u.a. die aktuelle Collagen-Werkreihe »Epiloge vom Bierdeckelrand der Gesellschaft«. Mit diesem Buch wird sie erstmals auch als Herausgeberin tätig.

Armin Sengbusch

Letztlich liegt es daran, dass ich denke, wie ich schreibe. Oder umgekehrt. Es ist einfach wirr. Ich denke, wie ein Pinneberger Autofahrer Auto fährt: unvorhersehbar – und am Ende lande ich da, wo ich losgefahren bin. Oder wo ich losgedacht habe. Bei den meisten Menschen dreht sich in deren Kopf immer alles um Sex. Nur in meinem Kopf nicht, der ist außen nackt, nicht innen. Im Grunde genommen dreht sich alles *außerhalb* meines Kopfes um Sex. Ich höre immer wieder, dass alle Menschen dauernd an Beischlaf, Kondome, ungewollte Schwangerschaften, Alimente und Herzinfarkte denken. Nur in meinem Kopf passiert nichts.

Mein Inneres ist also so etwas wie ein **SCHMOLLWINKEL** der erogenen Zonen, der **KLABAUTERMANN** der Erotik. Ich bin der Antichrist der Beischlafgedanken, ich bekomme alles kurz und klein gegrübelt. Ich handle nicht asexuell, ich bin die Maske der Schlaffheit. Viele Menschen glauben mir das nicht und denken, ich sei doch sicher eine ganz scharfe Zwiebel. Aber, nichts da. Gerade bei Gemüse verstehe ich erotisch keinen Spaß, da schwingt immer das Verwelken in meinen Gedanken mit und die **SINUSKURVE** neigt sich nach unten. Da hilft es auch nicht, mir einen **SPIERENSTEK** in den Vervielfältigungsapparat zu knoten, um da irgendwie mal zumindest den Verdacht zu erhärten, es könne vielleicht besser werden.

Stau ist ja gerade in Hamburg immer ein Thema. Ich denke eben so, wie andere Menschen hinfallen. Oder wie eine **ELFE** fliegt. Man weiß nie, wo es hingeht, und am Ende sterben Orks. Oder Peter Pan. Oder mein Kopf. Ein Perpetuum Mobile des Sterbens. Womit wir immerhin wieder bei Pinneberg wären.

Kurzbiografie

Armin Sengbusch ist Musiker, Kabarettist und Autor, hat neun Bücher veröffentlicht, die er alle selbst geschrieben hat – vom Roman bis zum Lyrik-Quickie ist alles dabei. Außerdem hat er sechs Musik-Alben veröffentlicht und einen Sohn. Er nimmt immer noch an Poetry Slams teil, wurde Hamburger Meister, mehrfacher Vizemeister in Schleswig-Holstein und stand zweimal im Halbfinale der deutschsprachigen Meisterschaften. Als Bühnenkünstler reist er durch ganz Deutschland und ist auf allen Bühne zu Hause, lebt aber in Pinneberg.

WORTARCHITEKTEN SLAM
»parallelwelt KULTURBAR« HAMBURG

vom 31. März 2017

Tine Wittler

Obacht! Frei nach **RINGELNATZ:**

Macht jetzt für schräge Reime Platz!

Goethe, Schiller, Brecht und Heine

Machten Reimen damals Beine

Auch Klopstock, Hesse, Hölderlin

Waren eine Zeitlang in

Plus Hebbel, Rilke, Nelly Sachs

Später kam der Günter Grass

Selbst **PIPPI LANGSTRUMPF** reimte schon

Erfand die Plutimikation

Der Spunk verwirrte die Gelehrten

Ach, wie wir Pippi doch verehrten!

HIGHWAY TO HELL? Das reimt sich nicht!

Das Reimen ist im Rock nicht Pflicht

Doch hilft's, um an Platz eins zu rütteln,

Im Liedtext Silben durchzuschütteln

Was sich nicht reimt, das wissen alle!,

Wird in den Charts zur **ABSEITSFALLE**.

Der Weihnachtsmann reimt im Geheimen

Muss weiterhin als nett erscheinen

Seit seiner letzten Weihnachtsreise

Reimt er weise nur noch leise

Denn leider ist sein Lieblingsvers

Fatalerweise echt pervers

Er fiel ihm ein im kalten Stalle

In dem die Tiere tot war'n – alle.

Und so entfuhr's ihm lauthals: Fuck!

Die sind wohl nur noch **RENTIERHACK.**

WORTARCHITEKTEN SLAM
»parallelwelt KULTURBAR« HAMBURG

vom 1. Juni 2017

Tine Wittler

Bertrams wundersame Wandlung

KILLERHAUKE hat 'nen Köter

Bertram heißt der Schwerenöter

Ein Bild von Hund für Kriminelle

Denn Bertram beißt auch auf die Schnelle

Obschon er recht untypisch ist

Weil er am liebsten Zander frisst

Der **ZANDERWOBBLER** ist für Hauken

Und für den Vierbeinerrabauken

Deshalb überlebenswichtig

Hundefutter sonst ist nichtig

Nicht Leckerlis, nicht echter Pansen

Hol'n Bertram aus den **TEPPICHFRANSEN**

Die **PHARMAZIE** weiß keinen Rat

Woher der Bertram das wohl hat?

Nun ist der Zander leider selten

In Killerhaukes Unterwelten

Da kommt nur Schlachtfleisch auf den Tisch

Und keinesfalls ein schnöder Fisch!

Denn Fisch, behaupten Gangster leider,

Ist nur was für blöde Weiber

Und Hauke, selten Selberdenker,

Sagt sich deshalb: Ach, zum Henker

Heut gibt's für Bert 'nen Hackklops, jo.

Und Bert? Wird nun zum **SCHMOLLMOPS**. So!

Nie wieder wird er Beute jagen

Wenn Hauke »Fass!« brüllt, winselnd fragen:

»Was meinst du, Hauke? Was heißt ›Fass‹?

Nur Liebe in mir! Nicht mehr Hass!

Als Schoßhund zieh' ich zu Amanda

Denn ohne den geliebten Zander

Bin ich nicht mehr kriminell.«

Und Schluss! Das war's mit dem Gebell.

WORTARCHITEKTEN SLAM
»parallelwelt KULTURBAR« HAMBURG

vom 29. September 2016

Tine Wittler

PULLOVERÄRMELEINSTIEGSLOCH!

Ich mag Dich wirklich sehr, jedoch
Bist Du nicht immer leicht zu treffen.
Des **WEINGLAS** Schuld!, sagt mein Freund Steffen
Ich hingegen glaub, oh **WUNDER**:
Du wärst viel lieber ein Pullunder!

Schön wär's für die Beziehungspflege:
Rein und raus auf kurzem Wege –
Ob ich schnippel? Könnt' nur sein
Du schreist dann nach 'nem **KRANKENSCHEIN!**

So geht's mir auch mit weit'ren Sachen:
Gern würd ich sie zu anderm machen.
Zum Beispiel hier, die **BRATENPFANNE**!
Ach! Wär sie doch ne volle Kanne.

WORTARCHITEKTEN SLAM
»parallelwelt KULTURBAR« HAMBURG

vom 28. September 2017

Tine Wittler

Fehlkauf!, motzt der **FLIEGENFÄNGER**
Die **WOLLMÜTZE** tief im Gesicht
Und eben dies ward lang und länger
Denn Mützen steh'n ihm einfach nicht.

Erst recht nicht, wenn wie hier gescheh'n:
Die Mütz' im Fenster liegen seh'n
Im **LÄDELE** viel Geld gelassen
– Ein weit'rer Grund, die Mütz' zu hassen!

Verkäufer schnurrt: »Die passt doch herrlich!
Sieht super aus, jetzt mal ganz ehrlich!
Die Marke, die ist auch der Hit:
›**OXYMORON**‹! Jung und hip!«

Da wundert sich der Fliegenfänger!
Er ist zwar gerne Grenzengänger
Und wahrlich nicht etepetete.
Doch diese **RAUFASERTAPETE**
Hätt' er mal lieber nicht geshoppt!

Jetzt hockt das Ding auf seinem Kopp.
Das Jucken macht ihn noch ganz wuschlig:
Von wegen, »die ist superkuschlig«!
– Und die Moral von der Geschicht'?
Glaube den Verkäufern nicht!

WORTARCHITEKTEN SLAM
»parallelwelt KULTURBAR« HAMBURG

vom 24. November 2016

Tine Wittler

Es ging mal ein **POPEL** auf Reisen
Der wollte sich selbst was beweisen
Die **SPUCKE** traf er zu Beginn
Doch wollt' er da nicht wirklich hin
Nach einer kurzen **RAUCHERPAUSE**
Ging es weiter, nicht nach Hause
Drum lief er fürderhin nach Süden
Traf fast ganz unten **KRYPTORCHIDEN**
Dort hat es ihm ganz gut gefallen
So zwischen Herren und Vasallen:
Mal Lust, mal Schmerz, das war ihm recht
– Und ganz im Sinne vom Geschlecht
Drum machte jenes, samt Gefährten,
Den Popel glatt zum Hausgelehrten
In Sachen **SPIRITUALITÄT**
Zu der er dort noch heut' berät.

WORTARCHITEKTEN SLAM
»parallelwelt KULTURBAR« HAMBURG

vom 30. November 2017

Tine Wittler

Zum **ABSCHIED** sprach das **PUMMELUFF**:

Heut mach ich richtig einen druff!

Die **FETTLEBER** is mir egal

Ich sauf nen Hektotank Mescal

OUT OF SPACE statt Pokemon

So flieg ich dann zum Orion

Die **AUSSERIRD'SCHEN** werden pöbeln

Muss ich sie halt dafür vermöbeln

Und alle andern sei'n mal froh

Mit Singen hab ich's dann nich so.

WORTARCHITEKTEN SLAM
»parallelwelt KULTURBAR« HAMBURG

vom 27. Juli 2017

Armin Sengbusch

Dass es keine gute Idee sein würde, in die Steckdose zu fassen, wurde mir just in dem Moment bewusst, als ich aufwachte. Dabei war ich mir sicher, vorher den Strom abgeschaltet zu haben, denn die Alarmanlage hatte zuvor keinen Ton von sich gegeben. Die Sache mit den Schaltkreisen hatte mein Kompagnon gelöst: der **TASCHENKREBS**. Ein handlicher, kleiner Geselle, den ich vor einigen Jahren an einem Strand in Luxemburg kennengelernt hatte. Er sei aus Alcatraz geflohen, erklärte mir John, und nun auf der Suche nach einem neuen, todsicheren Ding, das er drehen könne. Damals gab ich ihm das Versprechen, ihn bei der nächsten großen Sache zu informieren. Da er kein Telefon hatte, sollte ich eine Nachricht an einer Häuserwand in Instanbul hinterlasse. Und diese Nachricht sollte ich mit **SPRÜHSAHNE** schreiben. Er wüsste dann Bescheid.

Mir ist klar, dass das noch immer nicht meinen Griff in die Steckdose erklärt, aber diese Vorgeschichte ist wichtig, damit Sie verstehen, dass ich nicht verrückt bin. Ich arbeitete zu diesem Zeitpunkt noch in einer gehobenen Stellung als **HAUSHALTSLEITER**, hatte ein gutes Standing, auch wenn ich wusste, dass meine Aufstiegsmöglichkeiten begrenzt waren. Aber das Leben war auch schon damals nicht immer gerecht, meine Frau benutzte mich als Sprungbrett und verließ mich heimlich in einer Nacht- und Nebelaktion, während ich draußen den **STERNENHIMMEL** betrachtete.

Im Nachhinein war dieser Schock der Tropfen, der den Stein über dem Knie brach. Ich fasste in jener Nacht den Entschluss, ein neues Leben zu beginnen und bewarb mich in der Deutschen Demokratischen Republik als Bundeskanzler. Jahrelang wartete ich auf eine Antwort, aber ich wollte niemanden drängen und zu seinem Glück zwingen. Erst Jahre später erfuhr ich, dass man meine Bewerbung nie erhalten hatte, weil meine E-Mail auf wundersame Weise bei einer DHL-Auslieferung verloren ging.

Mittlerweile hatte ich all mein Geld in einem Wettbüro verspielt, und die Kredithaie waren mir auf den Fersen. Ja, sie kamen immer dichter, denn sie waren Dichter – was im Grunde nur dann Sinn ergäbe, wenn ich meine Fersen in Verse geschmiedet hätte, aber ich war vollkommen verarmt. Und verbeint. Und so machte ich mich auf die Suche nach Verstecken oder einem Unterschlupf, kam aber nicht weit. Denn kurz hinter dem Hauptbahnhof überfuhr mich ein Eisbär auf einem Fahrrad – der Klimawandel hatte also schon begonnen, und ich musste mich beeilen, wenn ich zu Lebzeiten noch Geld anhäufen wollte.

Durch einen alten Trick entwendete ich einer alleinstehenden Zecke eine Ladung **KETTENÖL**, die ich nach Nordkorea verschiffen wollte, um dort die Atomwaffenindustrie zu schmieren. Ich schmuggelte mich selbst an Bord des Frachters, stellte auf hoher See dann aber fest, dass der Container mit dem Kettenöl von der Zecke in Gewahrsam genommen war und man die Fahndung nach mir ausgeschrieben hatte.

Ich hatte alle Hoffnung aufgegeben, als über die Ankerkette der Taschenkrebs das Segelboot enterte und mir zuzwinkerte. Er wisse, dass ich auf dem Weg nach Instanbul sei, um ihm eine Nachricht zu schicken, aber er wolle mir zuvorkommen. Schließlich besäße ich gar keine Sprühsahne. Ich gab ihm Recht und war billig, begann nun eine kurze Karriere als Schiffsschaukler, brachte den Tanker zum Kentern und schwamm mit dem Taschenkrebs innerhalb von 18 Sekunden ans Ufer. Dort hatte ich plötzlich keine Lust mehr zu denken und stand auf. All das erschien mir so unwirklich, dass ich spontan in eine vorbeischlendernde Steckdose fasste.

Als ich erwachte, saß der Taschenkrebs neben mir am Bett und hielt meine Hand. Verdammt, dachte ich in Richtung meines gepanzerten Freundes, kneif mich mal.

Arne Poeck

Fünf Analogien

SPRÜHSAHNE als **KETTENÖL** zu verwenden

ist wie mit einer **HAUSHALTSLEITER**

den **STERNENHIMMEL** erreichen zu wollen

oder im **TASCHENKREBS**gang

vorwärts zu streben.

Kettenöl statt Sprühsahne an die Torte zu geben

ist wie astrologische Sternenhimmelkonstellationen

als Baupläne für Haushaltsleitern zu betrachten

oder aus Schalen eines Taschenkrebses

einen Geldbeutel zu nähen.

Sprühsahne oder Kettenöl auf Haushaltsleiter

ist ebenso sturzgefährdend

wie die Betrachtung des Sternenhimmels

auf Taschenkrebsen balancierend.

Einen Taschenkrebs
mit Kettenöl zu füttern
schmiert seinen Panzer ebenso wenig
wie Sprühsahne die Milchstraße im Sternenhimmel vergrößert –
selbst von einer Haushaltsleiter aus betrachtet.
Aber einen Taschenkrebs
in den Sternenhimmel zu schleudern
macht ebenso wenig ein neues Sternbild
– trotz seines Namens –
wie ein Foto
von Sprühsahne und Kettenöl
auf einer Haushaltsleiter
der Elektrizität dient,
na ja, und wenn auch –
Wem nützt es schon,
wenn sie unter Strom steht?

Fünf Fragen und eine Antwort

Ist Ebbe im Portemonnaie wie Taschen-Krebs?

Ist jedes Fett zwischen Gliedern Kettenöl?

Ist funkelnder Geist erste Sprühsahne?

Braucht jede bewirtschaftete Wohnung

einen Haushalts-Leiter?

Greifst du nach den Sternen? – Himmel, das wird schiefgehen!

Fünf kombinatorische Haikus

Sternenhimmel? Sprüh
Sahne, Taschenkrebs: Haushalts
Leiter ketten Öl.

Sternenleiter? Sprüh
Sahneketten-Öltaschen –
Krebshimmels Haushalt.

Kettensterne sahn
Krebse Leitertaschen öl'n?
Himmel, Sprüh halt's Haus!

Sterbse krehn Hischen?
Tenterlein Heltsa kölnte
Spraus Hüh sah Tammel!

Kehn Tsalts, Thina Höh?
Sprent, Leische, Hühner keltern!
Stammelerbse aus!

WORTARCHITEKTEN SLAM
»parallelwelt KULTURBAR« HAMBURG

vom 27. September 2018

Armin Sengbusch

»Geht es dir gut?«, fragt sie mich und sieht mich kritisch an.

»Natürlich, warum denn nicht?«

»Ist dir schon mal aufgefallen, dass du jede Frage mit einer Gegenfrage beantwortest?«

»Machst du das nicht auch so?«

»Du tust es schon wieder!«

»Was?«, sage ich. »Ich habe keine Ahnung, was du meinst.«

»Also, für mich bist du ein grammatikalischer **TRÖDELLADEN**.«

»Was soll denn das sein?«, frage ich und wundere mich, warum sie in Metaphern spricht, ohne Gänsefüßchen zu benutzen. Also die Gänsefüßchen, bei denen man mit zwei Fingern das Wort einrahmt, das nicht in den Kontext passt, aber passen sollte.

»Ein grammatikalischer Trödelladen bist du. Jemand, der sich auf ganz dünnem Eis bewegt und sich alter Muster bedient. Wie zum Beispiel immer wieder Fragen zu stellen, statt selbst zu antworten.«

»Hä? Wieso antworte ich denn nicht?«

»Weil du nur Fragen stellst.«

»Andere Frauen wären froh, wenn ich sie mal etwas fragen würde, denkst du nicht?«

»Pffft, mir ist doch **POMMES-SCHRANKE**, was du mit anderen Frauen machst.«

»Du meinst, es ist dir Latte, oder?«

»Nein, Pommes-Schranke. Es muss mal eine Grenze geben, deswegen die Schranke.«

»Wie meinst du das?«

»Ich glaube, das ist jetzt die zehnte Frage, die du stellst, du **OACHKATZLSCHWOAF**.«

»Was soll denn das jetzt schon wieder sein?«

»Mensch, ein Unwissender, ein Zugereister, du warst doch auch schon mal in Bayern!«

»Was will ich denn in Bayern?«

»Du sollst da nicht hin, ich weiß aber, dass du schon mal da warst. Wir waren zusammen da.«

»Wo? In Bayern? Wann soll das denn gewesen sein?«

»Vor zwei Jahren im Mai, du hast mich eingeladen.«

»Warum sollte ich das tun?«

»Wir waren zusammen unterwegs und haben den **PANGALAKTISCHEN DONNERGURGLER** getrunken!«

»Ich? Mit dir?«

»Ja, du mit mir.«

»Aber aus welchem Grund?«

»Unsere Hochzeitsreise, wenn du dich daran erinnerst.«

»Ach ja, stimmt. Warum fragst du?«

»Ich habe gar nichts gefragt, du warst das, weil du nicht mehr wusstest, was vor zwei Jahren war.«

»Da haben wir geheiratet, das weiß ich doch. Aber du hast mich gefragt, ob es mir nicht gut geht.«

»Stimmt, ich dachte, du hast diesen **PLATANENHUSTEN**.«

»Was soll denn das sein?«

»Eine Allergie, bei der man Äste und Blätter ausspuckt.«

»Wie soll das denn passieren?«

»Müsli«, sagt sie, »wenn du diese ollen Körner isst, dann wachsen in dir Bäume.«

»Du spinnst.«

»Ja, aber du hast mich geheiratet.«

»Stimmt. Und wo haben wir uns kennengelernt?«

»Am Müsli-Regal im Supermarkt. Und du hast mich gefragt …«

»Entschuldigung, darf ich Sie mal mit Rosinen bewerfen?«

»Genau, und du stellst auch heute noch so blöde Fragen.«
»Was sind das denn für Fragen?«
»Ach, frag mich nicht.«

WORTARCHITEKTEN SLAM
»parallelwelt KULTURBAR« HAMBURG

vom 31. Mai 2018

Arne Poeck

5 Kurztexte

1. Prolog oder: Wie die »FIXEN FÜNF« nicht verarbeitet werden sollten

Der Dichter las einen Text – ohne die geforderten Worte.

»Wo ist das Heimatmuseum?«, fragte jemand. »Ich denk' es mir hier«, sagte der Dichter.

»Wo ist der Eiterpickel?«, fragte ein anderer. Der Dichter wies auf seine Stirn.

»Wo ist das Einhorn?«, insistierte ein dritter. Der Dichter band sich ein Papphorn um seine Nase: »Ich bin's!«

»Wo ist die Blumentopferde?«, murrte das ganze Publikum. »In meiner Tasche«, sagte der Dichter und bewarf es damit.

»Ha, aber wo sind die Käsespätzle?«, triumphierte die Zuhörerschar. »Zu früh gefreut«, rief der Dichter, »in meinem Magen!«

»Disqualifiziert!«, rief der Schiedsrichter, »wegen Verwendung von Requisiten!«

2.

»In den Käsespätzle waren abgekratzte Eiterpickel – des Kochs vermutlich, im gemischten Salat Überreste verschiedener Blumentopferden, pfui!«, beschwerte sich ein Gast lauthals im Restaurant des Heimatmuseums.

»Tut mir leid«, antwortete der Kellner, »so exotische Spezialitäten wie Einhornragout führen wir nun mal nicht im Angebot, dafür sind unsere Speisen regional und authentisch. Da muss man schon ein paar Abstriche machen.«

»Abstriche – wovon?«, schrie der Gast entsetzt und verließ fluchtartig den Raum.

3.

»Sehen ja fast aus wie Käsespätzle«, meinte der Hautarzt zu den doch recht eigenartig geformten Eiterpickeln, »nur nicht so appetitlich.«

»Und Sie meinen tatsächlich«, fragte der Patient, ein Gärtner, der am vorherigen Tage die Außenanlagen des Heimatmuseums neu bepflanzt hatte, »dass die Blumentopferde meiner Gewächse mit einem Virus kontaminiert war, mit dem ich mich infiziert habe?«

»No na. Ein Einhorn wird drauf geschissen haben!«, antwortete der Arzt sarkastisch.

4.

»Ich kann gar nicht sagen, wie dankbar ich Ihnen bin«, sagte der Kurator zum dringend herbeigerufenen Experten. »Sicherlich, die Spende dieser beiden Tiere war sicherlich edel gemeint, aber es ist wirklich keine Kleinigkeit, als kleines Heimatmuseum plötzlich im Mittelpunkt eines Zuchtprogramms für vom Aussterben betroffene Arten zu stehen und aus dem Nichts eine zoologische Abteilung errichten zu müssen. Aber der Baron von Blumento ist nun einmal ein alteingesessener Einwohner dieses Ortes, der viel für unsere Stadt getan hat.«

»So wie ich sehe, haben Sie meine Ratschläge gut befolgt«, stellte der Experte fest. »Nur eins noch: Füttern Sie diese Blumento-Pferde mindestens einmal am Tag mit Käsespätzle – nur so bilden sie ihre artspezifischen extrem langgestreckten Eiterpickel an der Stirn aus, die sie zu echten Einhörnern machen!«

5.

»Cheers, Hein, Korn – aufs Einhorn«, rief der Direktor des Heimatmuseums schüttelreimend dem Wirt Klaus Peiter-Ickel zu, der regelmäßig ob dieser grauenhaften Verse glaubte, vor Abscheu Eiterpickel zu bekommen. Und mit dem Trinkspruch »Mei sat sum eum« kippte ersterer den eingeschenkten »Ein-Korn« herunter – aus dem Einhorn-Horn, auf dessen Erwerb er so stolz war.

Ach, wenn er gewusst hätte, dass dieses Trinkgefäß eine plumpe Fälschung war, ja, nicht einmal aus Keratin bestand; dass seine Kuriositätensammlung mit diesem Exponat nicht einmal eine Füllung Blumentopf-Erde gewinnen konnte, na ja ... dann hätte ich von all dem überhaupt nicht erzählen können, stünde aber auch andererseits nicht vor dem Problem, von diesem Pflanzenhumus ein halbwegs sinnvolles Anagramm zu bilden – Tuble-nopf: Merde!

So aber ließ sich der Direktor – aus dem Etat des Museums! – noch eine tüchtige Position Käsespätzle schmecken. »So ein Spesekätzle!«, dachte sich der Wirt sein Teil, denn die Geschichte spielte in Stuttgart-Feuerbach.

Gastslammer
»anlässlich
des Erscheinens
des Buchs 2021«

Juan Santiago

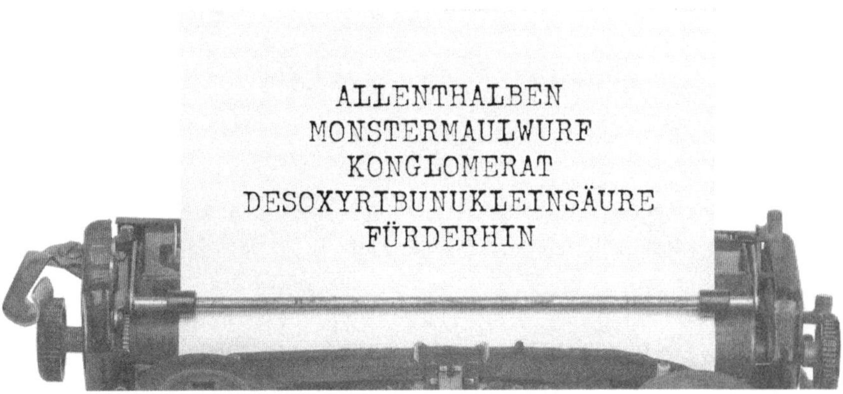

ALLENTHALBEN FÜRDERHIN

DESOXYRIBUNUKLEIN!

Die Säure hab ich unterschlagen,

Zwei Silben frech hinweg getragen.

Der Länge halber wars erstarrt!

Des Reimes **KONGLOMER(I)AT**.

MONSTERMAULWURF Ottokar

Hingegen war schon länger da

Und lächelte »Das brauchst du nich!

Das bisschen Säure stört nur dich!«

Kurzbiografie

Juan Santiago wurde 1480 in San Sebastian (Spanien) als »Juan Valor Murillo Rodrigo Santiago di Navarra y Castilla« geboren.

Als Graf von Foix und Sohn des Hauses Albret hätte er sogar König von Kastilien werden können, zog aber eine Karriere als Unsterblicher vor und konzentrierte sich fortan auf seine Bildung, Kunst und die Förderung seiner persönlichen Entwicklung.

Seit den frühen 20er-Jahren des 19. Jahrhunderts ist er im Bereich Strafverfolgung und Rechtsprechung für Delikte, in denen übernatürliche Wesen verwickelt sind, aktiv tätig. Früher hat er auch unter dem Namen Wolfram Alster publiziert. 1857 war er maßgeblich an der Gründung einer spanischen Bank beteiligt, noch heute hält er mehr als 75% aller Anteile. Seit geraumer Zeit ist er zudem auch schriftstellerisch aktiv.

Er leitet das Referat für Innere Sicherheit des »Bundesamtes für magische Wesen« und war maßgeblich an der Aufklärung im Fall des Steinbach-Pentagramms beteiligt.

Uta Pfützner

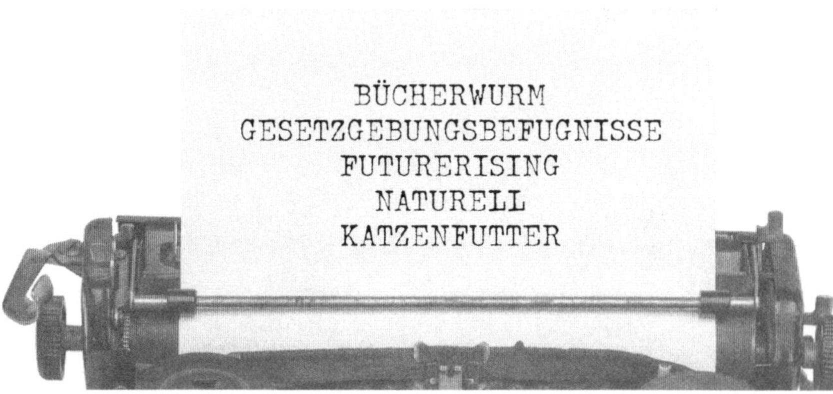

Sommerloch im Bundestag

In jedem Jahr kurz vor der Urlaubsreise geht es los!
Das Sommerloch im Bundestag, warum entsteht es bloß?
GESETZGEBUNGSBEFUGNISSE – aufs Feinste diskutiert.
Dazwischen wird geplauscht, wer jetzt mit wem liiert.

Man spricht von Umwelt-**FUTURERISING**, CO2-Abbau,
von **KATZENFUTTER**, FKK-Strand und von seiner Frau,
welchselbige an Letzterem sich gern betrachten ließe.
Jedoch schaut selten einer hin, was sie doch arg verdrieße.

So mischen sich schnell Pflicht und Kür, was keinen wirklich stört!
Es ärgert höchstens mal das Volk, das diesen Quark dann hört.
Und sei es bei der Sendung, die gemäß dem **NATURELL**
von der Sitzung berichtet – meistens ziemlich schnell.

Da wird man stracks zum **BÜCHERWURM**, obwohl man nie gern las
und sehr viel lieber abends vor der Fernsehkiste saß.
Würd ich an meinem Arbeitsplatz Privatgespräche führen –
ich würd vermutlich hurtig die Anstellung verlieren!

www.legionarion.de

Uta Pfützner

Die Mirpzahl

Die **MIRPZAHL**, rückwärts Primzahl, raubte mir kürzlich die Nerven.
Ich war soweit! Wollte schon mit Pferdeäpfeln werfen!
Ein **OBERSCHLÄCHTIG** Wasserrad dreht sich in meinem Hirne:
Ich krieg das mit der Mirpzahl nicht in meine Birne!

Gleich einer **LIGATUR**, bei der mit Fäden und Skalpellen
der Magen abgebunden wird, schoss es mir durch die Zellen.
Mein Bauch tat weh, so weh!, als hätt' ich **LATTEK** satt gegessen.
Ich bin kein Mathematiker! Ich komm auch nicht aus Hessen!

Ich lass es besser ganz, über die Mirpzahl nachzudenken.
Hab's tagelang versucht. Ich sollte mir was schenken!
Zum Danke, dass ich's wagte, will **SCHNUCKE** ich probieren.
In Hessen eine Süßigkeit! Die muss ich jetzt studieren.

www.legionarion.de

Werner Diefenthal

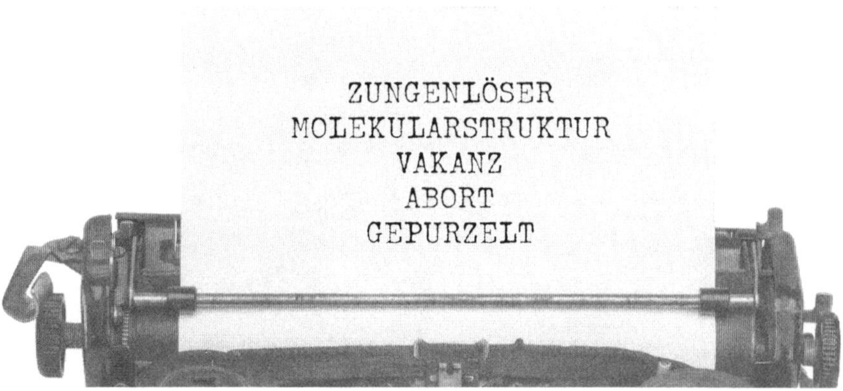

Im alten Schloss zu Theisenort

ein Ritter saß auf dem **ABORT**.

Stund um Stund er sich geschunden,

aus der Rüstung sich gewunden,

bis er dann – des Schweißes nass –

schließlich auf dem Throne saß.

Er drückte, stöhnte, schrie und presste

– es zitterte die ganze Veste!

»Wo steckt er bloß, der tumbe Franz,

der gestern wollte die **VAKANZ!**

Er soll doch werden mein Erlöser!

Und nicht nur einfach **ZUNGENLÖSER**

für die, die hier nicht reden wollen

und mir den Respekt nicht zollen!«

So drückte, presste, fluchte er,

der Stuhlgang fiel ihm sichtlich schwer,

GEPURZELT kamen kleine Brocken

die ließen ihn nicht recht frohlocken.

Bis Franz ihm endlich etwas reichte,

das die Därme ihm erweichte!

Mit Donnerhall, gepaart mit Lachen

ließ es der Ritter heftig krachen.

Und endlich, wieder in der Rüstung

und lehnend auf der Mauerbrüstung,

erleichtert Darm und auch den Magen

konnt' er den Franz am Ende fragen

warum er sich so musste quälen.

Der Franz, der konnt' ihm dann erzählen:

»Es liegt«, so sprach der Bursche stur,

»an der **MOLEKULARSTRUKTUR,**

die, wie mich deucht, so hart gewesen
wie der Stiel von einem Besen!
Um zu erweichen, ich Euch gab
den Trank, den flink gebraut ich hab'.«
– Ist sie zu Ende, die Geschicht'?
Bei aller Liebe, ist sie nicht!
Denn wie der Wind, so wird erzählt,
den Ritter nun der Durchfall quält
und sozusagen in die Hose
geht der Rest der ganzen Chose.

www.legionarion.de

Gitta Schwerberger

Katerfrühstück

»Haustiere und Sport können sehr entspannend wirken.«

Als ich diese Worte neulich im Gesundheitsmagazin einer großen deutschen Krankenkasse las, hätte ich den Verfasser am liebsten wegen Falschaussage und Irreführung der Leserinnen und Leser verklagt. Doch da ich mich unglücklicherweise gerade im Wartezimmer meines Arztes befand, beschloss ich, anstelle eines Aufstandes unter anwaltlicher Führung einfach nur die Zeitschrift beiseite zu legen.

Ich hatte an diesem Vormittag ganz andere Probleme.

Mein linkes Schultergelenk hatte sich aus seiner Verankerung gelöst, die Bluse hing mir in Fetzen herunter, an meinem rechten Arm klaffte eine neun Zentimeter lange Fleischwunde, aus der trotz eines sorgsam angelegten Druckverbandes das Blut nur so heraussprudelte, während Magen und Darm mir mein vorabendliches **TECHTELMECHTEL** mit einer **BIERSCHORLE** derart übel nahmen, dass sie mir noch während der Nacht den Dienst quittierten.

Was trinke ich auch Alkohol? Wo ich ganz genau weiß, dass ich ihn nicht vertrage!

Und dass diese vermaledeit Schorle, die mir meine verehrten Klassenkameraden beim Ehemaligentreffen zu vorgerückter Stunde aufschwatzten, mir nicht bekommen würde, war mir schon vor dem ersten Schluck klar. Hopfen und Gerste sind eben einzig was für Pferde. Aber nicht für mich.

»Ein Unfall?«, unterbrach die ältere Dame mir gegenüber meine Gedanken.

»Kein Unfall!«, antwortete ich, »sondern Absicht! Reine Absicht!«

Sie schien verwirrt, was sich in einem bemüht betroffenen, aber dennoch weiter nachforschenden »Ach, wirklich?« äußerte.

Ich ignorierte das oder versuchte es zumindest, indem ich ihr gequält lächelnd zunickte, meinen Blick dann aber schnell wieder quer durch den ansonsten leeren Warteraum schweifen ließ. Und mit einem Mal wusste, weshalb sich Menschen in Wartezimmern, Aufzügen oder Amtsstuben nie wirklich unterhalten: Es ist die Angst vor Antworten wie der meinen, die jegliche gelungene Kommunikation fremder Menschen untereinander verhindert!

Einzig – und das hatte ich in meinem desolaten Zustand nicht bedacht – alte Damen und Kinder scheinen aufgrund der offenkundig immunisierenden Wirkung ihres Alters vor solcherlei Befürchtungen gefeit zu sein, was sich mir keine Minute später in einem »Absicht! Was Sie nicht sagen!« der älteren Lady offenbarte.

Der Höflichkeit halber war jetzt **ENTMUTEN** angesagt, also fügte ich mich gehorsam antwortend in mein Schicksal. »Ja! Absicht! Und das nicht zum ersten Mal!«

»Um Himmels willen, Kindchen, haben Sie sich denn nicht gewehrt?«

Ich verneinte ermattet. »Sie waren zu dritt!«

»Zu dritt? Das darf doch nicht wahr sein! Da müssen Sie etwas dagegen tun! Haben Sie die Polizei gerufen?«

Ihr ehrlich besorgtes Engagement rührte mich fast zu Tränen.

»Ich kann« entgegnete ich ihr mit mildem Lächeln, »nichts dagegen tun und schon gar nicht die Polizei rufen, zumal ich selbst Schuld an meinem Zustand bin!«

Sie musterte mich kritisch von oben bis unten.

Meine desolate Schulter, die Fetzen meiner Bluse, meinen immer noch blutenden Arm, das blasse Gesicht.

»Nein Kindchen, Sie sind bestimmt nicht schuld!«

»Sie verstehen nicht!«, hauchte ich, vor Schmerzen kaum mehr atmen könnend, »die Schuld an alledem trage ganz alleine ich, ob Sie das nun glauben oder nicht!«

»Mir scheint Kindchen, dass Sie Ursache mit Wirkung verwechseln!«

Ursache und Wirkung, dachte ich auf dem Weg ins Behandlungszimmer, Ursache und Wirkung …

Die Ursache war klar, ein von mir vergessener Milchtopf auf dem Frühstückstisch gestern Morgen, nur mit der Wirkung hatte ich so nicht gerechnet!

Es dauerte gewiss nur eine Minute, ehe ich mein Versehen bemerkte, doch diese eine Minute hatte Hosea genügt, um den Inhalt des Topfes bis auf den letzten Tropfen zu leeren.

Nun litt er, dank seiner angeborenen Laktoseintoleranz, an Durchfall und hatte den Großteil seiner Ausscheidungen zudem noch so unglücklich in den Haaren seines Gesäßbereiches verteilt, dass ich mich gezwungen sah, ihn wider besseres Wissen in die Badewanne zu stecken.

Dort angekommen versuchte ich noch, ihn von der Notwendigkeit meines Handelns zu überzeugen, doch einem neuneinhalb Kilo schweren Norwegerkater mit Wasserphobie begreiflich zu machen, dass er gebadet werden müsse, war mühsam. Nahezu unmöglich. Weshalb es im Endeffekt dann auch genauso kam, wie es kommen musste: Kaum dass der erste Tropfen Wasser seine Haut berührte, ging das Gezeter los.

Er schrie, was die Stimmbänder hergaben, und verrenkte sich dabei so heillos, dass jeder Yogalehrer neidisch geworden wäre. Den Kater in diesem Zustand halten zu müssen, glich einem Himmelfahrtskommando! Angesichts der mehr als beschissenen Tatsachen blieb mir nur, mich mit biss- und reißfesten Lederhandschuhen bewaffnet und todesmutig auf ihn zu stürzen. So verhinderte ich einen weiteren **SALTOVERSUCH** von ihm, presste im Anschluss mit der einen Hand seinen Oberkörper gegen den Wannenboden, während meine andere damit beschäftigt war, die Brause zu betätigen und gleichzeitig den stetigen Attacken seines Hinterleibes Stand zu halten.

Nachdem mir dieses Kunststück mehr schlecht als recht gelungen war und Hoseas frisch shampooniertes Hinterteil den Duft von Lavendel und Aloe angenommen hatte, folgte der Tragödie zweiter Teil.

Der **LITANEI** seiner verzweifelten Bittschreie auf ebenso imposant durchdringende Weise antwortend, hatten sich seine beiden Brüder, Arthur und Zacharias, in der Zwischenzeit im Flur versammelt und eine Art Rettungskommando für den Bruder gegründet, welches seinen finalen Befreiungsschlag just in dem Augenblick startete, als ich Hosea zum Trocknen in ein Handtuch wickelte.

›Ich hätte abschließen sollen‹, dachte ich noch, als ich Zacharias auf die Klinke der Tür springen und Arthur von unten drücken hörte, doch da war es bereits zu spät: Die Tür war auf, die Brüder drin und ich ein Fall für den Arzt, da keine Macht der Welt Hosea jetzt noch hätte halten können.

Mit einem Ruck hatte er sich aus meiner Umklammerung gelöst und mir dabei nicht nur die Bluse zerrissen, sondern auch noch einen so heftigen Kinnhaken verpasst, dass ich für einen Moment das Gleichgewicht verlor, ins Straucheln kam und mit der Schulter gegen die äußere Verkleidung meiner Badewanne krachte, während die Nägel seiner Zehen auf meinem Arm ihr Übriges taten.

»Die Katzen?«, fragte mein Arzt, als ich erschöpft auf dessen Liege sank.

»Natürlich die Katzen!«

Er schiente den Arm, nähte die Wunde mit vier kleinen Stichen, spritzte mir etwas gegen die Übelkeit und schickte mich dann mit dem gut gemeinten Rat, mir in den nächsten Tagen doch bitte etwas mehr Ruhe zu gönnen, nach Hause.

Ja, Haustiere können sehr entspannend wirken …

Kurzbiografie

Gitta Schwerberger, geboren 1974 in Frankfurt am Main, wurde früh in ihren kreativen Talenten und Leidenschaften gefördert und war bereits im Grundschulalter Mitglied des HR Hörspielensembles.

Ab der Oberprima verfasste sie Gedichte, die zehn Jahre später in Anthologien des Frankfurter Brentano Verlages veröffentlicht wurden.

Nach bestandenem Abitur studierte sie zunächst Zahnmedizin, danach folgte ein weiteres Studium mit Schwerpunkt Betreuungsrecht.

Ihren kreativen Wurzeln ist sie jedoch stets treu geblieben.

Über mehrere Jahre war sie als Hörbuchsprecherin der Frankfurter Blindenhörbücherei, der BLISTA Marburg, sowie als Dozentin für Stimmbildung und Textpräsentation an der VHS Frankfurt sowie für Transidente Menschen im Einzelcoaching tätig.

Neben satirischen Kurzgeschichten und Glossen ist Mord mit regionalem Bezug die literarische Hauptleidenschaft der Frankfurterin. Ihr Krimidebüt *Labradormelange* erschien im November 2020, ihr zweiter Kriminalroman *Himbeersenf* wird in Bälde im MAIN Verlag erscheinen.

Wolfram Alster

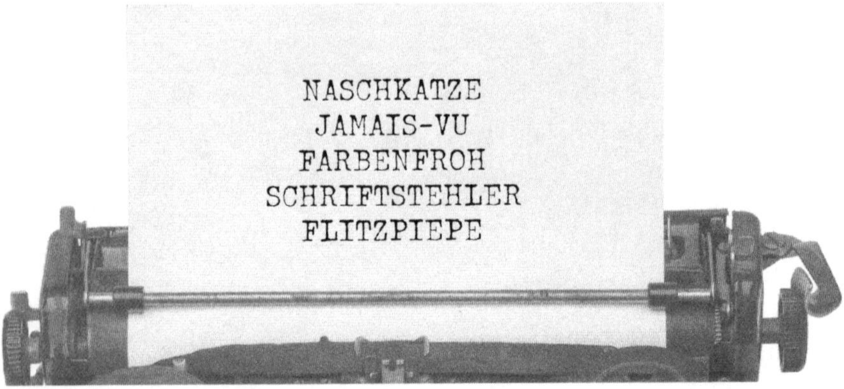

SCHRIFTSTEHLERS Auge war fast zu

Es schien mir wie ein **JAMAIS-VU**

Die **NASCHKATZ**' in mir sprach: »Nu jo,

ich lass ihn träumen, **FARBENFROH**,

bunt und schön und voller Liebe!

Nun weck ihn nicht. Du **FLITZPIEPE**!«

A. C. LoClair

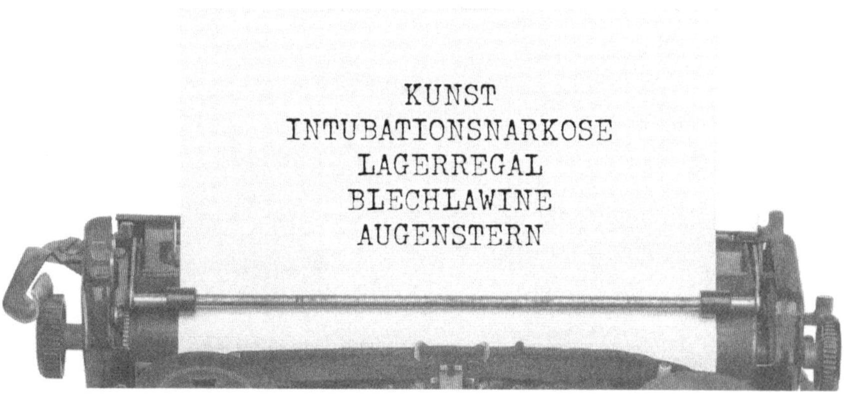

Mein **AUGENSTERN**, mein Augenstern

Ach, wie hab ich Dich so gern!

Bist voller **KUNST** und guter Teile

Ich brauchte auch ne ganze Weile

Um zu montieren, was gefällt

Damit die **BLECHLAWINE** hält

Und fährt! Denn ohne Antrieb wär's egal:

Blieb schlichtes Metall – im **LAGERREGAL**.

Auch ohne **INTUBATIONSNARKOSE**

Geht das Ganze in die Hose!

Mit Liebe aber, Stück für Stück,

kommt's als ein guter HORCH[8] zurück:

Ein Klassiker der Zwanziger

Dank Pflege nicht mehr ranziger

Mein Augenstern, mein Augenstern!

Ach, wie hab ich dich soooo gern!

Qualmst hinten raus ganz fürchterlich

Und trotzdem, trotzdem lieb ich Dich.

www.legionarion.de

---

8 Horch-Pkw waren ab etwa 1927 die meistverkauften Wagen in der Oberklasse. Vgl. z.B.: wikipedia

M. L. von Burgberg

»Die Hansekogge und der Literaturkreis«

»CONTENANE«, schallt's über die **HANSEKOGGE**,
die meisten nicht ganz krogge.
Trunken vom Wein,
wollen Viele heim
– die Wellen höher schlagen,
MITUNTER gestandene Seemänner über der Reling hängen.
Nur der **LITERATURKREIS** seine Haltung wahrt,
die Panik lieber aufschiebt,
mit Eifer, aber ohne Reim,
– ganz im Zeichen der **PROKRASTINATION**.

www.legionarion.de

Kar Arian

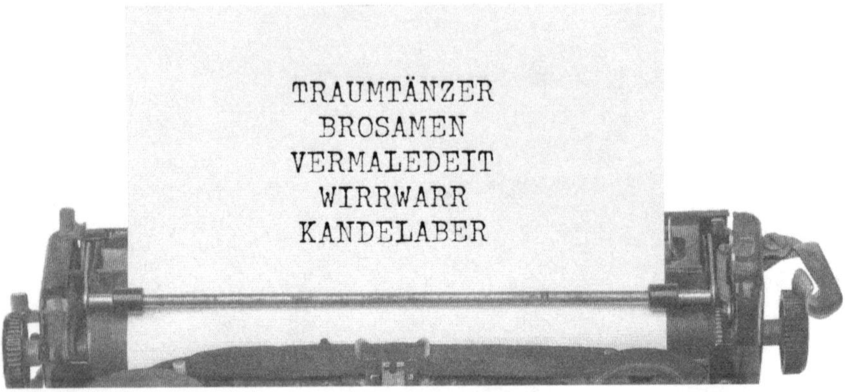

„Du bist ein **VERMALEDEITER TRAUMTÄNZER**, *der* **BROSAMEN** *aufsammelt und im größten* **WIRRWARR** *immer noch die Schönheit eines* **KANDELABERS** *bewundern kann!“*

Ich schaute meinen Drachen reichlich verwirrt an. So war ich noch nie von ihm beschrieben worden! Und wie, um Himmels willen, kam er dabei auch noch auf eine altertümliche Beleuchtung?!

Berkom stieß zufrieden eine kleine Feuerwolke aus. Wenn er mich, seinen Drachengefährten, nach all unseren gemeinsamen Abenteuern noch verwirren konnte, war alles in Ordnung …

Wollt ihr wissen, wie Drachen wirklich leben? Wie sie sich entwickeln? Hier werden sie nicht als Panzerersatz in Kriege verwickelt, denn über den Drachenbergen weht ein anderer Wind.

Wollt ihr das Leben der Drachen hautnah erleben? Dann folgt ihrem Flug. Komm nach Tashaa!

www.drachen-von-tashaa.de
www.legionarion.de

LiSa Fantasy

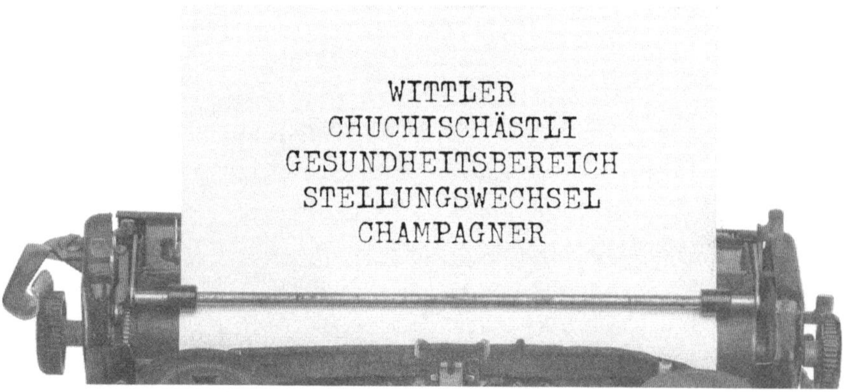

Slam 1

Starthilfe

»Frau **WITTLER**, ich bin sehr erfreut, dass Sie sich …«

»Tine.«

»Wie bitte?«

»Nenn mich Tine. Passt genauso gut, klingt aber besser. Das ist wie mit einem Kuchenkasten. Ganz nett, aber **CHUCHIKÄSTLI** hat mehr Charme. Deswegen – sag Tine zu mir.«

»Ähm, ja. Also, wenn das so ist. Danke Tine, dass Sie sich …«

»Du.«

»Ähm?«

»Wir sind nicht in Amerika. Man muss ja nicht alles von dort übernehmen. Den **GESUNDHEITSBEREICH** zum Beispiel. Den sollten wir überhaupt nicht übernehmen.«

»Und was heißt das jetzt?«

»Wir sind beim Du. Nicht beim amerikanischen Du, sondern beim deutschen Du. Mit Du und Vorname – wie sich das gehört.«

»Gut. Danke. Jetzt kann ich Ihnen – also Dir wieder folgen. Wie ich bereits sagte, freue ich mich, dass Du Dir heute Zeit für mich genommen hast.«

»Immer gerne. Es macht mir eine große Freude, neuen Gesichtern eine Bühne zu geben. Also los. Hoch mit dir.«

»Wie bitte? Dieser **STELLUNGSWECHSEL** kommt mir zu abrupt. Ich habe überhaupt nichts vorbereitet. Nicht einfach so. Ich brauche mehr Zeit oder …«

»**CHAMPAGNER**. Na logisch, wie konnte ich das vergessen. Der löst hervorragend die Zunge. Hier, nimm dein Glas und jetzt ab auf die Bühne mit dir.«

»Also, wenn das so ist …«

»So ist es. Los, hopp, hopp.«

In aller Kürze oder: Feiern zu Zeiten der Pandemie[9]

Frau **WITTLER** lädt zum **STELLUNGSWECHSEL**

mit **CHAMPAGNER** aus dem **CHUCHISCHÄSTLI**.

Der **GESUNDHEITSBEREICH** diktiert in Excel

welch Gäste erscheinen zum Festli!

[9] Untertitel hinzugefügt durch die Herausgeberin – äh: die Wittler.

Kurzbiografie

LiSa Fantasy brachte ihre ersten fantastischen Geschichten bereits in der zweiten Klasse zu Papier.

Das Schreiben hat sie seitdem nie losgelassen, auch wenn es viele Jahre nur „nebenbei" erfolgte. LiSa Fantasy schrieb Kurzgeschichten zu Charakteren oder erfand Abenteuer für Rollenspielsysteme. Erst die erfolgreiche Teilnahme an einem Schreibwettbewerb im Jahr 2012 („Yggdrassil, der Weltenbaum") hat dieses Feuer wieder auflodern lassen.

Im Jahr 2016 erschien ihr erstes E-Book („Hamburg Rain 2085 – Visionen"). 2020 beendete sie ihr zweites Buch; eine Urban-Fantasy- Geschichte, welche 2022 bei LEGIONARION erscheint. 2021 beendete sie die Story „Wolf" auf „Wattpad", mit der sie sich für die WattyAwards beworben hat.

Aktuell arbeitet sie an einer humoristischen Geschichte: „Orakel – Seelsorgerin des Übernatürlichen" ist ebenfalls im Fantasty-Genre zuhause.

Das Prinzip der „FIXEN 5" ist LiSa Fantasy nicht unbekannt: Wer via www.lisafantasy.com ihren Newsletter abonniert, wird über LiSas Newsletter monatlich mit einer Kurzgeschichte versorgt, die ebenfalls mit Hilfe von 5 Wörtern aus den Reihen ihrer Follower entsteht.

www.legionarion.de

Theresa Schuck

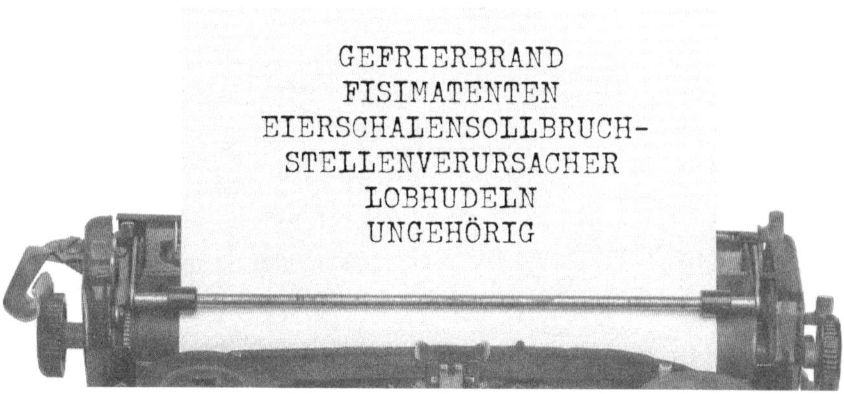

Essen machen, das ist schwer

Ein gutes Essen wollt' ich zaubern!

Schön mit meinen Gästen plaudern.

Doch dann lief leider alles schief,

weil ich zu lang – bis Mittag! – schlief.

Das Obst nun nicht nur leicht gekühlt:

GEFRIERBRAND war's! Ich hab's gefühlt!

Zum Glück gibt's auch noch andres Essen!

Die Eier hatt' ich nicht vergessen.

Beim Kochen jetzt auch schon viel wacher, nahm ich den

EIERSCHALENSOLLBRUCHSTELLENVERURSACHER.

LOBHUDELN tut man diesem sehr!

Ich nehm' ihn aber nicht mehr her!

FISIMATENTEN! Pfui! Das sag' ich Dir:

Nur Zeit und Nerven raubt der mir!

Das nächste Mal mit Messer wieder!

Flugs saust das Ding auf's Ei hernieder.

Schnell und einfach geht das dann!

Da muss ich auch nur einmal ran!

UNGEHÖRIG mag das klingen,

doch lasst mich dieses Liedchen singen:

Praktisch ist mir einfach lieber!

Kompliziert ist mir zuwider!

Ein Essen hab ich. Guter Schluss!

Auf Gäste – ich noch warten muss.

www.legionarion.de
www.main-verlag.de

Julia Dankers

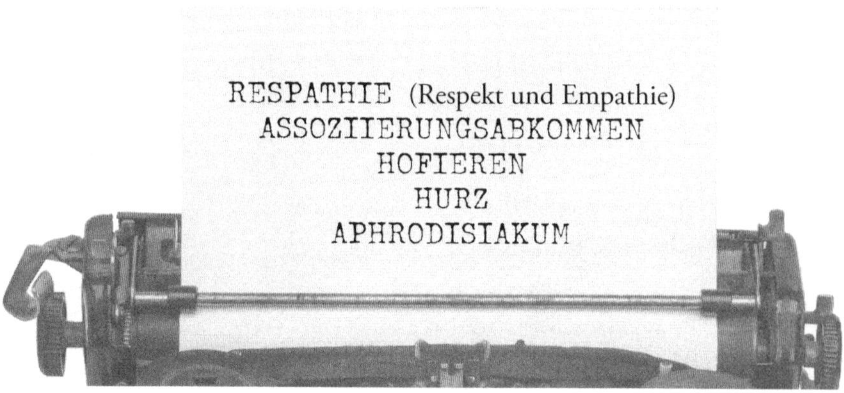

Ménage à froid

Deine Schuhsohlen schweben über den Gehsteig.
Dein Gesicht ist gen Himmel geneigt.
Der Wind zerzaust dein Haar,
das gerade noch gestylt war.
Ich sehe dich stolzieren,
um Ruth zu **HOFIEREN**.
Das Lächeln in deinen Augen
Lässt mich daran glauben,
dass du sie schwerst begehrst
und seit einer Ewigkeit mit ihr verkehrst.
An diesem Tag im Mai
Wird mein Herz zu Brei.

HURZ.
Deine Sehnsucht ist mir schnurz.

Ein Hindernis ist im Weg,
deine Körperhaltung seltsam schräg,
als du am Boden liegst
und dein Herz gen Himmel fliegt.
Während du und Ruth noch bangen,
versuche ich es einzufangen.
Ihr Mund ist ein Schrei,
dein Leben flugs vorbei.
RESPATHIE steht Ruth
zu Gesicht nicht wirklich gut.
Sie sieht dich schon in deinem Grab.
Abrupt wendet sie sich ab.

Hurz.
Am Himmel lässt ein Flieger einen Furz.

Wolken flattern fahrig.
Meine Laune ist kaum noch madig.
Aber das kannst du nicht wissen.
Jede Nacht in deinen Kissen,
wenn deine Träume um sie kreisen –
zumindest deine meisten –
stöhnst du ihren Namen
und fällst aus meinem Rahmen.
Wie gerne würde ich dich küssen,
ein letztes Mal mit ihrem Wissen.
Ein **APHRODUSIAKUM** für mich
waren die letzten Wochen nicht,
in denen du die Hand im Schlaf ausstrecktes,
deine Lust auch nicht verstecktes.

Ich weiß, sie galt ihr
und nicht mir.

Hurz,
unsere Liebe war ein Murks.

Aufrecht steht Ruth bei deiner Beerdigung,
bittet nicht mal um Entschuldigung.
Wie ein Satellit kreist sie um alle anderen,
als wolle sie den engsten Kreis unterwandern.
Von weitem erinnert sie mich an die Schweiz,
reich bestückt und voller Geiz.
Ein stummes **ASSOZIIERUNGSABKOMMEN** zwischen allen
Lässt mich statt zu schimpfen nur leise lallen:
»Den Stein auf Louisas Weg warf ich.
Ich fand euer Begehren widerlich.«
Gespenstisch grinst sie mich an,
dass ich es kaum ertragen kann.
»Natürlich weiß ich das.
Ihr Tod belastet mich sehr krass.
Ich will dich in der Hölle sehen
Niemals werd' ich vor dir gehen.«
Ein Pflasterstein landet in meinem Gesicht.
Mehr erlebe ich nicht.

Hurz.
Mein Leben war zu kurz.

H. R. Berg

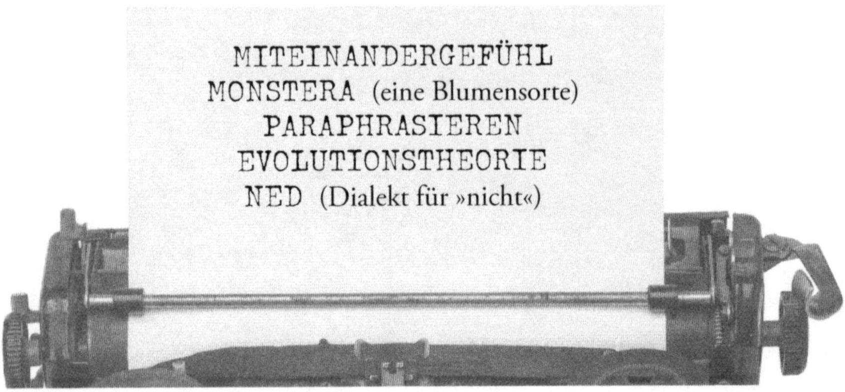

Eine Bar auf dem Mars, die die **Monstera** ehrt, Diskussionen über die **Evolutionstheorie** der Menschen.
Hochsynthetisiertes Ale, das das **Miteinandergefühl** stärkt.
Des mog i **ned**, sagte ein grünes Männchen.
Des mogst ned?, **paraphrasierte** ein anderes.

www.legionarion.de

Christoph Gschoßmann

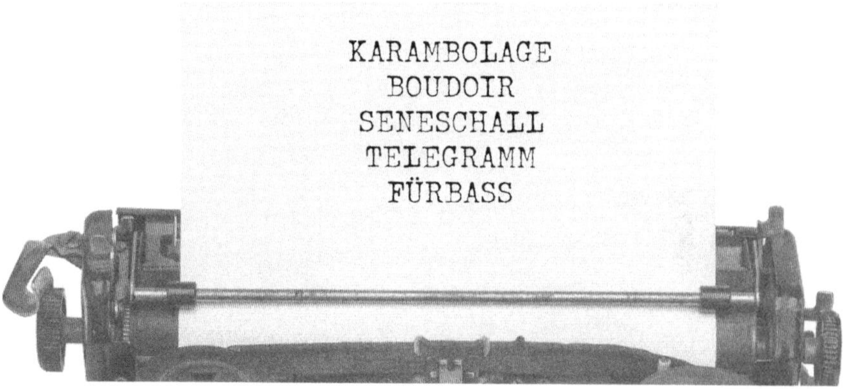

Für fürbass

FÜRBASS ist ein schmuckes Wort
Das ich nicht kenn
Es trägt mich weit und fort
Meilenweit von meiner Comfort-Zen

Was ein Unglück, denk ich mir
Dass in des Richters **TELEGRAMM**
Ein fernes Wort, ein fremd' Getier
Mich beim Dichten triezen kann.

Doch ist nicht Unwissen das größte Glück
Für neue graue Zellen?
Das Hirn, es lechzt, will füllen Stück für Stück
Giert, Ignoranz zu erhellen.

FÜRBASS, so der gute Duden
Heißt »weiter«, »vorwärts« gar
'S ist nicht, wie man könnt vermuten,
Blasinstrument aus jazziger Bar.

FÜRBASS, so das Lexikon
»Veraltet oder im Scherz verwendet«
Vermittelt einen gewissen Ton
Der Eloquenz oder Arroganz gar mit versendet.

Als Beispiel für dies magisch' Wort
Nennt das Buch das Schreiten
»FÜRBASS schreiten«, so steht es dort
Lässt so manch **KARAMBOLAGE** leicht vermeiden.

Die Frage bleibt doch nach dem Nutzen
Fernab dieses klein' Gedichts
Das Vokabular erweitern oder wieder stutzen?
Für wen von euch wird FÜRBASS künftig Pflicht?

Früher einst, in alten Reichen
War'n Kaiser, König, **SENESCHALL**
Erpicht darauf, den Nieder'n nicht zu gleichen
Und wählten Witz und Wort von klangvoll' Hall.

Heut jedoch, was ist der Sinn?
Solch ausgestorb'ne Sprache zu beleben?
Nur um sich mit erhob'nem Kinn
Aus der Masse zu erheben?

Ein **BOUDOIR** für des Buches Staben
Wir maskier'n die Sprache in altem Gewand
Für Schreiber, die schon alles haben
Exotisch' Worte sind wie teurer Tand.

Die letzte Frage, die uns bleibt
Kann man wirklich »FÜRBASS schreiten«?
In die Zukunft mithilfe der Vergangenheit
Fürwahr – ein Rezept für alle Zeiten.

www.main-verlag.de

Sabine Reifenstahl

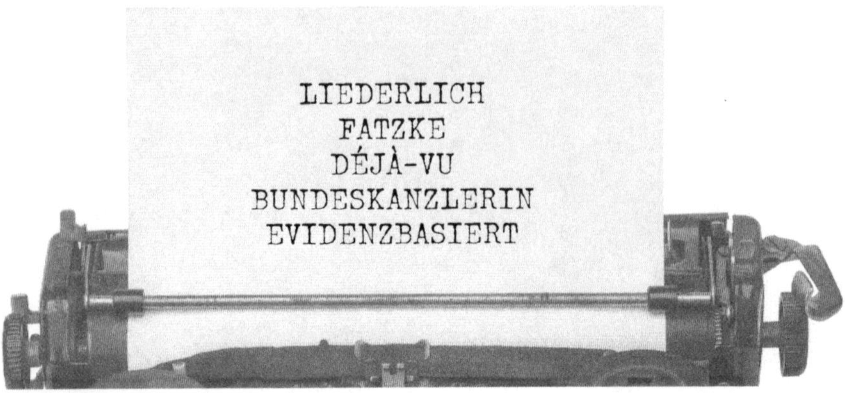

Vorbereitung ist alles – oder: Sirenen hätten geholfen

Wenn Regen harmlose Bächlein füllt,
ein Rinnsal zum reißenden Fluss anschwillt
und Häuser, Mauern, Dämme brechen,
scheint's so, als wollt' Natur sich rächen.
Das Wetter lässt sich nicht bekehren!
Ziel ist, den Schaden abzuwehren:
Mit Warn-Apps, Glocken und Sirenen
Mensch und Tier sich sicher wähnen.
Das **DÉJÀ-VU**? Bleibt's uns erspart?
Wenn Klarheit herrscht und Hilfe naht?
Der Blick zurück ist nur von Nutzen,
wenn wir die rosarote Brille putzen,
die Katastrophe exerzieren
und dafür Regeln etablieren.

Jetzt und hier ist schnelle Hilfe gefragt!
Und Vorausplanen für die Zukunft angesagt:
Unwetter und Hochwasser, das ist **EVIDENZBASIERT**,
haben uns gnadenlos ausmanövriert.
Das mag so mancher **FATZKE** anders seh'n –
und denken: Irgendwie, da wird's schon geh'n!
Doch **LIEDERLICH** ist's, sich nicht vorzubereiten.
Über Klimawandel und Finanzierungen zu streiten.
Heute ist jetzt, es ist Zeit zum Handeln,
mit klugem Vorgehen unser Land zu wandeln:
Hochwasserschutz und Notfallpläne schaffen!
In den kommenden Jahren die Ärmel hochraffen!
Sichere Frühwarnsysteme, um Leben zu retten!
Notfall-Verhaltensweisen in den Alltag einbetten!
In der Vergangenheit wurde solches Tun gelehrt.
Sinnvolles zu übernehmen ist bestimmt nicht verkehrt!
Die **BUNDESKANZLERIN** kann von den Belehrungen ein Liedchen singen:
Es braucht Vernunft! Und gutes Gelingen!
Das nächste Unglück können wir nicht verhindern?
Dann bleibt uns nur, die Auswirkungen zu lindern.
Den Betroffenen gilt mein tiefes Mitgefühl!
Doch Worte klingen noch zu kühl –
Ich wünsche jedem Kraft und Stärke.
Gehen wir mit Mut und Verstand zu Werke!
Damit weniger Gräuel passiert:
Die Zeit ist reif! Die Not pressiert!

www.legionarion.de
www.main-verlag.de

Kurzbiografie

Sabine Reifenstahl lebt in der Gemeinde Ruhner Berge in Mecklenburg. Beruflich mit Zahlen und Fakten beschäftigt, lässt sie in der Freizeit ihre Fantasie von der Leine, möchte in fremde Welten entführen, geheimnisvolle Orte oder menschliche Grenzbereiche zeigen und neue Blickwinkel öffnen. Die Autorin schreibt von querbeet bis queer: Liebesgeschichten, Fantasy, Erotik, aber auch kritische Beiträge. Dabei wirbt sie für Toleranz gegenüber dem Leben und der Liebe in allen Facetten.

Ihre Kurzgeschichten wurden in verschiedenen Anthologien veröffentlicht, das Romandebüt erscheint im MAIN Verlag. Ein anderes Herzprojekt, ein Fantasy-Roman, der griechische und nordische Mythen verknüpft, hat im LEGIONARION Verlag eine Heimat gefunden.

Weitere Projekte sind in Vorbereitung.

Mehr unter:
www.sabinereifenstahl.de

Facebook:
https://www.facebook.com/sabine.reifenstahl/
https://www.facebook.com/AutorenseiteSabineReifenstahl

Instagram:
https://www.instagram.com/sabinereifenstahl_autorin/

Sabrina Wolv

Buchstabengewitter

Trator – *nein*

Troitor – *nein*

Trottir – *verdammt*

Buchstaben tanzen im Kopf

Okay Google: Trottoir

TROTTOIR

Substantiv

Neutrum (das)

Schweizerisch veraltet: Bürgersteig

Hier ist die Definition von Trot – *Stopp*

T r o t t o i r

Was für ein Wort

Eine Stolperfalle

Erschaffen, um mich zu jagen

Mich zu erlegen

Zu enttarnen

Rückblick:

Eine Schule in **OBERSCHWABEN**

Jagdgebiet

Zum Abschuss freigegeben

Todeszone für eine scheue Art

Ein Wesen, das im Dunklen lebt

Sich tarnt

Verstellt

Versteckt

Mich

Und doch landet es immer wieder in der Falle

Hilflos blinzelnd

Wie ein Reh im Scheinwerferlicht

Blick auf die Tafel

Buchstabengewitter im Kopf

In Gedanken nur die Flucht

Sich wegwünschen

Weit davon

Hoch hinauf

Zum Ende der magischen **BOHNENSTANGE**

Über die Wolken

Freiheit

Doch es gibt keinen Ausweg

Kein Schlupfloch

Keine Rettung

Buchstabieren

Unlösbare Aufgabe

Und sie starren

Als hätte die **BEULENPEST** mich entstellt

Mich abgesondert

Zur Außenseiterin gemacht

Ich starre zurück

Schließe die Augen

Angst

Scham

Dunkelheit

Nein

Handy raus

Das verbotene Ding

Wunder der Technik

Zitternde Finger

Herz rast

Atmen

Augen auf

Schultern straff

Okay Google: Hirschhornsalz

HIRSCHHORNSALZ

Substantiv

Neutrum (das)

Laut Wikipedia: Hirschhornsalz ist ein Backtriebmittel und besteht hauptsächlich aus – *Stopp*

Stille

Das Freiwild ist entkommen

Die Jagd beendet

Dunkle Wolken lichten sich

Blauer Himmel

Hoffnung

Zurück ins Jetzt:

Seiten haben sich gefüllt

Worte sind geflochten

Unleserliches Gekrakel

Doch was macht das schon?

Aus Seiten werden Kapitel

Aus Kapiteln Bücher

Aus Schwäche

Stärke

Aus einem gejagten Wesen

Eine stolze Legasthenikerin

www.legionarion.de

Bettina Barkhoven

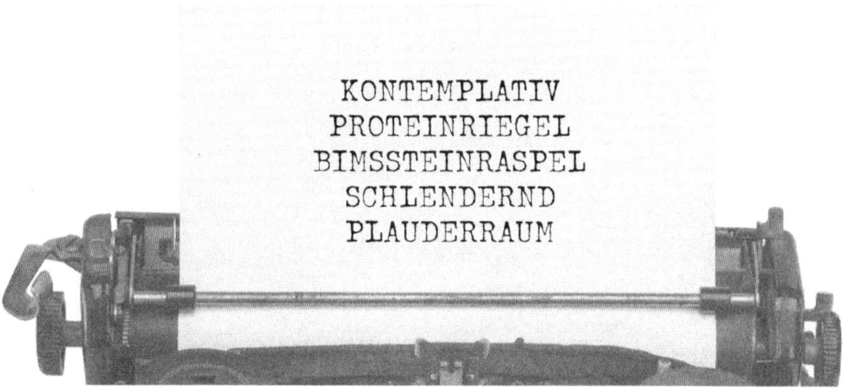

Auf der Suche nach Stille

Der alte Kurpfuscher Heinz Meiering
Mit der Nase über dem Tiegel hing:
Gerührt war die Salbe, die alles heilte.
Für Frau Müller, die eben im Kurhaus verweilte.

Er schraubte sie zu, versah sie mit Siegel.
Da kam ein Radler, den **PROTEINRIEGEL**
Noch klebrig zwischen den Zähnen prangend.
Der redete dauernd, nach Andacht verlangend:

Ein Zipperlein hier, ein Zipperlein da,
Ob Meiering wohl eine Chance sah?
Auf baldige Heilung der Blasen am Po?
Und die an der Fußsohle sowieso!

Dann schabte er eifrig die Fußsohle glatt
Mit der **BIMSSTEINRASPEL**. Das Kurklinikblatt,
das neben ihm lag, gelangweilt betrachtend,
Die Belanglosigkeit des Inhalts verachtend.

Meiering hielt das Gequassel nicht aus:
Ihn trieb es flugs aus der Klinik hinaus.
Den Sportler nach Kräften er ignorierte
Dass der sich vor ihm so gar nicht genierte!

Ging **SCHLENDERND** auf den Kurpark zu
Genervt auf der Suche nach seiner Ruh,
Der Blick auf den Park erst **KOMTEMPLATIV**
Bis ihn jemand aus seinen Gedanken rief:

Des Eismanns Wagen, wie aus alter Zeit!
„Gelati" als Aufschrift, die Kinder voll Neid
Erhofften sich Münzen zum Eis-Erwerb.
Doch die Mütter warnen vor Zahn-Verderb!

Kurzum: Schon wieder Gebrüll und Geschrei!
Unser Held so langsam zermürbt – fast wie Brei.
Drum suchte er in der Hoffnung auf Stille
Das Gradierwerk auf, pflückte eine Marille,

Doch auch hier gab es keine Ruhe nicht:
Die Gemüter der Nutzer waren gar zu schlicht.
Sie rätselten, was denn Gradierwerk heiße
Das mache nichts her, das Ding sei sch … ön so.

Drauf zog es ihn in den **PLAUDERRAUM**.
War Entspannung möglich? – Wenig bis kaum!
Denn dieser war leider, man ahnt es schon
Zum Plaudern genutzt, viel zu laut im Ton.

Der Kurpfuscher Meiering wollte nicht mehr
– von all den Geräuschen war das Herz ihm so schwer!
Drum nahm er den Tiegel zu sich mit nach Haus.
Dort schlief er dann ein – und mein Machwerk ist aus.

LEGIONARION

Uta Pfützner
Odins jüngster Sohn
Das Schiff

ISBN: 978-3-96937-023-0

Nordische Mythologie trifft auf Moderne

Der Umzug nach Oslo eröffnet Dominik völlig neue Welten. Er kommt nicht nur der Möglichkeit näher, Schiffe zu bauen, sondern zieht auch die Blicke einer jungen Frau auf sich, die ihn fasziniert. Durch sie lernt er eine Gemeinschaft kennen, die in ihrer Freizeit ein Leben nach altem Brauch der Wikinger führt. Sein geheimnisvoller Tutor Asbjörn spielt dort eine große Rolle.

Das kleine Dorf, von seinen Bewohnern Upsala genannt, zieht Dominik immer tiefer in seinen Bann. Hinter den rituellen Gepflogenheiten scheint mehr zu stecken als nur die nordische Tradition: Dominik wird von besonderen Träumen überrascht, die sich zunehmend verstärken, realer werden und den jungen Mann verunsichern. Spielt seine Fantasie verrückt oder bergen die Menschen in Upsala ein großes Geheimnis …?

Werner Diefenthal
Das Schwert der Druiden

ISBN: 978-3-96937-052-0

Eigentlich ist der siebzehnjährige Michael ein ganz normaler Teenager. Doch als er nach dem Tod seines Großvaters in dessen Zimmer ein geheimnisvolles Schwert entdeckt, wird sein Leben plötzlich auf den Kopf gestellt.

Er findet sich in einer fremden Welt wieder und erfährt, dass er der letzte in einer langen Reihe von Kriegern ist, dazu ausersehen, eine alte Prophezeiung zu erfüllen und die Menschen Arcradias vor einer finsteren Bedrohung zu schützen. Und es bleibt ihm nicht viel Zeit, um seiner Aufgabe nachzukommen, denn das schwarze Schloss ist bereits zum Leben erwacht. Dunkle Mächte rüsten sich zum Schlag gegen Arcradia …